PIERRE GRANDIT

ÉTRENNES AUX NEVEUX

PIERRE GRANDIT

ÉTRENNES AUX NEVEUX

PAR

E. PRAROND

ABBEVILLE
IMPRIMERIE P. BRIEZ

1867

PIERRE GRANDIT

I

PIERRE ÉTONNÉ

—

Taisez-vous, vilain bambinet ;
L'heure est venue, il faut qu'on dorme ;
Mettons ce lange et ce bonnet
        Simple de forme.

Ainsi parle la mère, ôtant
Les souliers et la camisole
A l'enfant qui rit par instant
        Ou se désole.

Pierre, quand il est fatigué,
Ne veut pourtant pas qu'on le couche,
Et souvent monte à son front gai
Un air farouche.

Souvent aussi, bien autre ennui,
Pierre s'étonne et s'inquiète
En voyant tout autour de lui
Choir sa toilette.

Car terrible est son embarras,
Sur la camisole il se penche,
L'examine et cherche ses bras
Dans chaque manche.

Février 18[illegible].

II

PIERRE AU BORD DE L'ÉTANG

Pierre a grandi. — Petites jambes,
Allez, trottez! Les chûtes font,
Témoins de ses progrès ingambes,
De belles bosses à son front.

Pierre pense, Pierre se lance ;
Il imagine, il réfléchit ;
L'inconnu cherché se balance
Dans son esprit qui s'élargit.

Il s'empare déjà du monde ;
La terre a pour lui des couleurs,

L'air des nuages, l'eau profonde
Les reflets du ciel et des fleurs.

L'eau, c'est l'eau maintenant qu'il aime,
L'eau qui fuit, le miroir changeant,
L'eau qui lui présente un problème :
Les poissons cuirassés d'argent.

Les poissons qui courent sans pattes,
Les poissons qui vivent sans air,
Et qui sous les surfaces plates
Creusent le miroir toujours clair.

Aussi, lui qui bégaie à peine,
Parle-t-il au peuple fuyant.
Petits poissons, prenez la peine
D'écouter l'orateur brillant.

Il cause avec vous et vous jette,
Petit saint Jean semeur d'amour,
Pain, gâteau, biscuit, — miette à miette
Tout le grand et le petit four.

Ils sont bien plus gourmands que Pierre
Les poissons ; ils avalent bien ;
Mais, la conduite singulière !
Ils mangent et ne disent rien.

III

LE VOILE DE LA VIERGE

—

AUX NIÈCES

—

CHOEUR DES PETITES FILLES ET DES ANGES

Sur l'autel de mai
De fleurs embaumé
S'allume le cierge;
Tournez, ô fuseaux!
Pour les blancs réseaux
De la sainte Vierge.

URIEL

Voici d'un beau visage clair
Le printemps qui sourit aux âmes ;
Les vents sont pleins de tièdes flammes;
L'hirondelle, comme un éclair,
Des lointains pays revenue,
Trace des sillons dans la nue.

CHOEUR DES PETITES FILLES ET DES ANGES

Sur l'autel de mai
De fleurs embaumé
S'allume le cierge ;
Tournez, ô fuseaux !
Pour les blancs réseaux
De la sainte Vierge

UNE PETITE FILLE PORTANT DES FLEURS SUR L'AUTEL

Les prés, les bois remplis de bruit,
Les fleurs qu'entre elles Dieu marie,
Les champs disent : Salut, Marie ;
Les arbres qui donnent des fruits
Se sont vêtus des pieds au faîte
De robes blanches pour la fête.

CHOEUR DES PETITES FILLES ET DES ANGES

Sur l'autel de mai
De fleurs embaumé
S'allume le cierge,
Tournez, ô fuseaux !
Pour les blancs réseaux
De la sainte Vierge.

UNE PETITE FILLE A SON ROUET

Marie, alors qu'on a paré
Sa chapelle où l'on s'agenouille,
Blanchit le fil de la quenouille ;
Le lin par elle préparé,
Sans se rompre au doigt qui le file,
Fatigue la bobine agile.

CHOEUR DES PETITES FILLES ET DES ANGES

Sur l'autel de mai
De fleurs embaumé
S'allume le cierge ;
Tournez, ô fuseaux !
Pour les blancs réseaux
De la sainte Vierge.

IV

PIERRE RÉFLÉCHIT

—

Pierre médite, Pierre invente,
Pierre est déjà plein de raison,
Et, soit qu'il pleuve, soit qu'il vente,
Veut rôder hors de la maison.

Pierre tire de l'analyse
Mille rapprochements déjà,
Puis d'un mot il généralise ;
Il appelle un lièvre un dada.

Au moucheron il dit bêbête,
Il dit bêbête à l'escargot,

Bébête au ver qui va sans tête,
Et bébête au gros escarbot.

Miracle dans un si jeune âge
Et science précoce ! il a
Retrouvé le premier langage
Qu'Adam aux animaux parla.

S'il marche en maître aux découvertes,
Il sait déjà qu'il ne doit pas
Prendre à terre les bêtes vertes
Qui vont dans l'herbe en guérillas ;

Il sait que le travail l'appelle
Selon la loi du genre humain ;
Il porte bravement la pelle
Du pionnier qui fait son chemin !

Il aime la terre émiettée,
La poudre fine de la cour,
Et pelletée à pelletée
Creuse un gouffre, élève une tour ;

Il poursuit déjà maint problème
Par les savants non résolu ;
Ce que son désir crée, il aime
A le tirer de l'absolu ;

Pour se faire la jambe belle,
Il verse, avec l'air du devoir,
Dans ses bas du sable à la pelle ;
Ses mollets sont charmants à voir !

Et gravement il examine
L'effet que ses deux jambes font,
Car, sérieux comme sa mine,
Pierre est un songeur très-profond.

Août 1866.

V

LES CONFÉRENCES HISTORIQUES DE L'ONCLE ET DES NEVEUX

—

L'ONCLE

Apprenez bien votre grammaire,
Mes neveux ; vous lirez un jour,
Après Burnouf et Planche, Homère ;
Allons, laissez votre tambour.

LES NEVEUX

Oncle, nous aimons le tapage.

L'ONCLE

J'entends bien, j'entends ; mais morbleu !
Ouvrez-moi plutôt cette page
Où Virgile met Troie en feu.

LES NEVEUX

Oncle, cette aventure est vieille.

L'ONCLE

Eh bien, soit ! marchons dans le temps
Je vais vous conter la merveille
D'Alexandre aux faits éclatants.

LES NEVEUX

Oncle, c'est justement l'histoire
Qu'on nous fit réciter hier.
Oncle, autre chose.

L'ONCLE

Il est notoire
Que Pyrrhus fut un roi très fier,
Et Cinéas...

LES NEVEUX

Que nous importe,
Oncle, ce roi, nous qui n'aimons
Les rois qu'en gâteaux?

L'ONCLE

Rome forte
Passe les mers, franchit les monts;
Carthage tombe sous le glaive,
Et d'éclairs par un Dieu chargé
Le mont Capitolin élève
Le front du monde.

LES NEVEUX

Oncle affligé
Du mal des phrases!

L'ONCLE

L'Arabie
Bout sous Mahomet, et dehors
Jette un peuple, écume de vie
Qui cherche en Espagne ses bords.

LES NEVEUX.

Oncle, nous dormons.

L'ONCLE

Le grand Charle,
Dont l'historien fut Turpin,
Restaure les lettres ; il parle :
Homines qui...

LES NEVEUX

Pas de latin
Surtout, mon oncle.

L'ONCLE

Aroun le juste
Envoie à Charle un jeu d'échecs,
Une clepsydre, un bel arbuste
Et des fruits chers aux friands becs.

LES NEVEUX

Approbation sans limite
Au prince Aroun ! Pour cette fois
L'oncle a bien dit.

L'ONCLE

Pierre l'Ermite
Pousse les peuples. A sa voix,
Godefroy, Raimond et Tancrède
S'arment, et battent Soliman
Comme Armide.

LES NEVEUX

Était-elle laide
Cette Armide, oncle ?

L'ONCLE

Gengis Kan,
Descendu du nord de la Chine,
Comme un torrent, comme une mer,
Couvre l'Asie ; et la ruine
Court du Thibet au Dniéper.

LES NEVEUX

Oncle fou d'infortune ancienne,
Redis-nous le Petit Poucet.
Quelle histoire, oncle, que la sienne !
Et l'ogre aussi, quel monstre c'est !

L'ONCLE

J'abrège... et je vais vous conduire
Dans la ville d'Allahabad...

LES NEVEUX

Oncle, si tu voulais nous dire
La fin du bossu de Bagdad !

L'ONCLE

Je laisse donc l'antique Asie.
Il m'en coûte, ô Chandernagor !
Mais l'Europe a sa poésie.
Connaissez-vous la bulle d'or ?
C'est le sceau qui rendait auguste
L'empire allemand dans Francfort.
Austerlitz en fit un coin fruste,
L'ayant mis sous un doigt trop fort.

LES NEVEUX

Résignons-nous.

L'ONCLE

L'empire marche ;

Les Hapsbourgs pressent les sommets
Dont le Pilate est patriarche ;
La Suisse ne veut plus du faix.
Walter ! Melchtal ! .. La Suisse est libre.
Un monde a jailli d'un éclair,
Et c'est la liberté qui vibre
Dans le fer qui frappe Gessler. —
Vous écoutez? Je vais vous faire
Un cours d'orographie...

LES NEVEUX

Assez,
De grâce, oncle...

L'ONCLE

Dans l'atmosphère
Plus rare, les monts entassés...

LES NEVEUX

Assez, assez, assez.

L'ONCLE

O Jeanne,
Tu suis de près Guillaume Tell ;

La même âme en la paysanne
Est le feu d'un flambeau mortel.

LES NEVEUX

Oncle trop triste.

L'ONCLE

Ouvre tes voiles,
Navire qui portes Colomb ;
Suis le soleil, suis les étoiles,
Perce le ciel, jette le plomb.
Tell et Jeanne ont semé l'idée
Qui fuit notre monde vieilli
Pour se répandre fécondée
Dans l'occident enorgueilli.

LES NEVEUX

Oncle à grosse voix, tes nouvelles
Ont l'air de prêcher.

L'ONCLE

Allons bien.
Au temps donc de Jean de Nivelles...

LES NEVEUX

Celui qui fut maître du chien ?

L'ONCLE

Oui, le roi vanté par Comines,
Oubliant ses ruses, s'en vint
A Péronne et fit laides mines
Quand le duc son cousin le tint.

LES NEVEUX

Peau-d'âne, oncle...

L'ONCLE

L'imprimerie...

LES NEVEUX

Oncle incorrigible !...

L'ONCLE

Cromwel...

LES NEVEUX

Oncle sans pitié!

L'ONCLE

Vienne crie
Pologne à l'aide!

LES NEVEUX

Oncle cruel!

L'ONCLE

La révolution française
Suit de près les aérostats.
Joie, audace, orgueil! Louis seize
Ouvre à Versailles les états...

LES NEVEUX

Notre oncle est un Bouillet lugubre,
Un noir Desobry.

L'ONCLE

Mirabeau,

Levant la tête où s'élucubre
Tout et rien, rencontre un tombeau...

Un siècle de gloire commence
Qui tient dans vingt ans. Vous lirez
Un jour cette épopée immense
Dans les vers d'en haut éclairés
Par la grande arche de l'Étoile
Chez le maître de tous Hugo...

Laissons, pieux, monter le voile
Que l'ombre étend sur Waterloo ;
Je veux écarter de la guerre
Vos yeux d'enfants vite attendris.
Voici les inventeurs, Daguerre,
Ruoltz, les chemins de Paris
A Sceaux, à Nanterre, à Versailles,
Qui courent en lignes de fer
Sans trous, sans cailloux, sans broussailles,
Et gagnent Bellesme, — Quimper !

LES NEVEUX

Puissent ils conduire à la foire
Où l'on vend en si beaux habits
Tant de si beaux pantins !

L'ONCLE

Et voire,
Ils mènent dans tous les pays.
On peut aller de la mer russe
Aussi vite au fût d'Heidelberg
Qu'un général du roi de Prusse
Entre à présent dans Nuremberg.

LES NEVEUX

Nuremberg, pays des poupées,
Des arbres frisés en copeaux
Et des maisons blanches, coupées
Dans le bois même des troupeaux ?

L'ONCLE, *relevant le col de M. Prudhomme*

Ne riez pas ; c'est le royaume
Des grands jouets qu'on aime encor.
A Nuremberg le roi Guillaume
A retrouvé la bulle d'or.

Août 1866

VI

LA POLITIQUE DE PIERRE

—

Quelle précocité grande !
Pierre, ne voilà-t-il pas
Qu'il demande
LES DÉBATS!

LES DÉBATS! ne vous déplaise,
Il l'a dit! On les lui tend,
Et, tout aise,
Il les prend;

Et lui, qui sait vingt paroles,
Il ouvre, d'air doctrinal,

3.

A mains folles
Le journal.

Mais voilà qu'au lieu de lire,
Fronçant l'arc de son sourcil,
Il déchire
Du Sacy ;

Il en fait bâteaux et hottes
Et bien mieux, l'impertinent,
Des cocottes
Trottinant.

9 décembre 1866.

VII

LA TOUSSAINT

—

Tous les clochers carillonnent
Dans la ville et dans les champs,
Et les yeux s'émérillonnent
Et les cœurs sont pleins de chants.

Les honnêtes gens sur terre
Et tous les saints dans le ciel
Puisent au même cratère
Un vin plus doux que le miel.

La fête leur est commune
Puisque ensemble ils ne font qu'un ;

Aucune voix importune
Ne trouble l'accord commun.

Tous les saints dont au baptême
Les noms sont pris pour garants
Invitent au banquet même
Leurs filleuls petits ou grands.

Autrefois, au son des cloches,
La même table assemblait
Les parents lointains et proches
Qu'un seul gigot régalait.

Cette fête était leur fête,
La fête à tous ; maintenant
Foi nouvelle en chaque tête ;
Chacun boude à l'avenant.

Nous avons des âmes fortes
Où tout en A + B rit,
Mais des étoiles sont mortes
Dans le ciel de notre esprit.

1er novembre 1865.

VIII

LES LÉGENDES DE SAINT VULFRAN D'ABBEVILLE

—

Vous savez déjà, mes chers neveux, quel grand plaisir j'ai à noter dans la musique des vers, nos conversations de haute portée et vos prodigieux actes. Ce ne sont à chacun de vos pas, à chacune de nos rencontres, qu'épopées et dialogues où se déploient votre passion des aventures et votre esprit. La poésie est encore l'amie de vos petites personnes. A votre âge vous êtes, je puis vous le dire sans trop flatter votre vanité, bien plus près des bêtes parlantes du paradis terrestre, des princes dieux, des singes volants du Ramayana et des héros de l'Iliade, que la plupart de vos parents si maltraités du côté de la gentillesse, et même de la sagesse, par les années. Ces parents que je ne vous donne pas en exemple — en étant, — prennent actuellement mille travers dans la période affairée de la vie. Ils se corrigeront, n'en ayez doute. Quand ils seront bien vieux et détachés de toutes les occupations et ambitions communes, ils redeviendront enfants, c'est, en ce qui me regarde, mon espoir ; ils redeviendront enfants et dignes alors non plus des câlineries, mais des respects de la poésie qui se contente maintenant de vous sourire Il faut attendre. Ne vous en faites pas trop accroire cependant. Vous perdrez comme nous en grandissant, et, comme nous, dans un âge très-mûr, vous regagnerez — peut-être — en vertu, en simplicité, et en hauteur d'esprit ; mais bien tard, bien tard, et nous ne pourrons vous admirer à ce faîte de la perfection. Il y aura longtemps que notre dernière sagesse aura mérité vos derniers respects.

En attendant, je veux essayer de causer un peu tout prosaïquement avec vous, comme si vous étiez déjà de grands garçons contents de votre science et fiers de votre force. Barbare et lourdaud que je suis, je vais froisser avec le rude patois des affaires, des comptoirs et des conseils délibérants, ces sensibilités délicates de perception qui vous rendent actuellement la langue rythmée et chantante la plus claire de toutes, même dans la bouche de votre oncle.

Et cependant des deux histoires qui me viennent en mémoire, la première évoquera non de l'ombre, mais de la clarté même, des personnages qui, dans un autre récit que le mien, forceraient les paroles humaines à se changer en hymnes. Un jour vous demanderez à saint Athanase et à saint Jérôme le secret des extases mystiques de la Thébaïde, vous ouvrirez les *Acta sanctorum*, et de belles et sérieuses légendes sortiront des vieux livres, éblouissant vos yeux, touchant vos cœurs, éclairant vos esprits d'une poésie surnaturelle, bien supérieure aux chants d'Orphée et aux odes de Pindare. Aujourd'hui, mes chers neveux, nous n'interrogerons ni les pères grecs, ni les pères latins. Nous cheminerons tout platement sur le pavé de la rue ; et si par ma faute des saints parlent devant vous un langage tout bourgeois comme dans la chanson du roi Dagobert, j'espère ne pas être accusé de plus d'irrévérence que l'auteur inconnu de la chanson de geste où s'exprime en homme de jugement si sain le bon saint Éloi.

PREMIÈRE HISTOIRE

Où l'on voit pourquoi la tour Saint-Firmin imite la tour de Pise

I

XIe SIÈCLE

Vous me demandez, mes neveux, pourquoi cette tour de Saint-Firmin attachée au flanc gauche de Saint-Vulfran d'Abbeville penche sur la rivière. La réponse exige un long récit, mais je m'exécute pour vous donner le goût pitoyable de l'archéologie.

Il faut d'abord que vous vous transportiez avec moi en l'année 1058. C'est bien loin en arrière, n'est-ce pas ? En cette année le duc Guillaume de Normandie pouvait tout au plus méditer la conquête de l'Angleterre ; on ne pensait pas encore à la première croisade entreprise seulement vers la fin du siècle, et, pour rester dans notre ville, les premiers maïeurs, élus suivant une coutume et suivant des usages que nous ne connaissons pas, n'étaient pas encore en possession de la charte qu'octroya à la commune en 1184 le libéral comte Jean. Vous apprendrez tout cela un jour, mais aujourd'hui foin des histoires profanes. Il ne s'agissait ni du duc Guillaume de Normandie, ni de l'emprisonnement du roi Harold sur la côte de Saint-Valery, mais d'un événement qui mettait en joie, en émotion et en piété, toute la ville d'Abbeville encore bien étroite et couverte en chaume comme je pourrais vous le prouver inductivement pas plusieurs textes. L'abbaye de Saint-Vandrille ou de Fontenelle en Normandie, que connaît bien l'excellent conteur de saint Santin, envoyait à Abbeville les reliques de l'évêque Vulfran, fils d'un officier militaire du grand roi Dagobert. Or, ce n'est pas moi qui nierai jamais la noblesse d'un officier du grand roi Dagobert.

A la place où vous voyez maintenant s'élever la haute collégiale à deux tours du saint, montait, modestement resserrée entre les chaumières voisines, une petite église dédiée à saint Firmin, et un peu aussi à saint Nicolas qui y avait une chapelle. L'église était alors fort vieille, datant sans doute des premiers temps de la ville, c'est à dire de l'époque incertaine d'où ne nous est venu aucun souvenir ; mais saint Firmin, gâté maintenant par la ville d'Amiens, tenait beaucoup à sa petite église. On ne l'avait pas encore habitué aux cathédrales, et sa vie devait attendre longtemps les représentations en bas-reliefs coloriés avec des légendes en vers gothiques. Il faisait donc tranquillement ses délices de sa petite église bâtie dans une petite île de la Somme et y recevait avec amour les vœux de ses fidèles. De discussions avec son voisin saint Nicolas, pas l'ombre.

Ce jour-là les deux bons évêques, — saint Firmin et saint Nicolas, vous l'avez compris, — devisaient de simple et claire amitié. Le beau temps leur avait permis de s'asseoir à la porte de leur église commune. Saint Firmin racontait ses voyages à saint Nicolas. Il lui peignait, avec l'enthousiasme d'un Ibère du IIIe siècle, les montagnes de la Navarre qui l'avaient vu naître et qui devaient s'honorer un jour de donner à Henri IV son premier titre royal ; mais c'étaient surtout les vieilles Gaules parcourues par lui qu'il se plaisait à reconstruire dans son souvenir et à représenter au bon saint Nicolas. Qu'elles étaient belles alors avec leurs grandes forêts ! Les beaux sites sauvages pour les solitaires ! Quels fiers animaux se promenaient sous les vastes feuillages en attendant l'épieu des chasseurs barbares et l'oliphant des chasseurs féodaux ! Il y avait parmi les cerfs errant dans les bois mêmes de la Picardie des aïeux, des oncles au moins à la mode de Bretagne, du cerf de saint Hubert.

Saint Nicolas écoutait doucement saint Firmin, mais avec quelque distraction. Il était rêveur et sa rêverie avait pour cause la désobéissance d'un petit garçon qui, le matin même, s'était dépité, s'était renversé, avait gigotté des jambes et battu des pieds entre les mains de sa mère, la bonne commère Bernarde Gillebelée pour ne pas être débarbouillé par elle. Il s'agissait cependant de montrer clair visage en la solennité du jour. Grand sujet de contrariété, on le conçoit, pour le bon saint Nicolas. Quelque sentiment de satisfaction intérieure, combattant cette tristesse, entrait bien pour un peu aussi dans ses distractions ; il songeait aux meilleurs actions de sa vie, aux trois jeunes filles qu'il avait si généreusement secourues et mariées ; il songeait aussi à ses églises de Constantinople, mais encore plus déjà à ce grand empire tartare qui devait un jour se former dans le nord et le prendre pour protecteur, et à cette grande ville de New-York qui le choisirait pour patron plus tard.

Saint Firmin parlait donc tout seul et saint Nicolas ne l'écoutait pas beaucoup.

Pendant ce temps les habitants de la ville allaient et venaient devant le portail sans se douter de la présence des deux saints. A mesure que l'heure marchait vers midi, la foule s'agitait davantage. Les hommes sortaient de leurs maisons, et les femmes qui les suivaient offraient à l'envie de leurs voisines leurs plus belles jupes et des coiffes comme on n'en a plus vu. Un antiquaire assez heureux pour revivre en ces temps lointains, si les temps pouvaient eux-mêmes sortir par prodige de la nuit, en rapporterait un bon chapitre pour l'histoire des toilettes et des mœurs des bonnes gens des villes avant la tapisserie de Bayeux. Parmi les mieux nippées et les plus hautes en bonnets se trémoussaient les aïeules des plus grosses bourgeoises du siècle suivant, dont les maris, étant maïeurs de la ville, s'a pelèrent ou furent appelés par les historiens sire un tel ou sire un tel : Gautière Clabaulte, Gautière Clarambaulte et Gautière Barbafuste ; Firmine le Veresse, Firmine le Mairesse et Firmine Langaneresse ; Jehanne Paline, Jehanne Tiersline, Jehanne Faffeline et Jehanne Alegrine ; Simone Le Moictière, Simone Le Bouchère et Simone Le Carbonnière ; Gillette ou Perrote Cholète, Brokète ou Boissette, et trente autres qui n'eussent pas cédé le pas en ce temps, si ce n'est à madame Ade, femme du comte Gui (1),

(1) Des historiens ont dit, et je m'accuse d'avoir répété l'erreur, que les reliques de saint Vulfran furent rapportées à Abbeville par Guillaume Talvas en 1058. Je ne développerai pas trop vigoureusement votre sens critique de l'histoire en vous faisant remarquer l'impossibilité du fait, le comte Guillaume Talvas n'ayant eu âge d'homme que près de cent ans plus tard. D'un autre

et à madame la sénéchale. Tout ce monde se précipita vers une des portes de la ville du côté du bourg du Vimeu et revint bientôt escortant processionnellement vers la petite église de Saint-Firmin le corps de saint Vulfran. Saint Firmin et saint Nicolas s'écartèrent un peu pour laisser passer le comte Gui qui portait lui-même sur l'épaule un des brancards de la châsse.

Ains fut installé dans une des chapelles de la petite eglise le corps de saint Vulfran.

II

DU XIe AU XVIe SIÈCLE

Peu d'années après, soit par suite de la dureté des temps, des ravages de la guerre, des mauvais coups de vent qui viennent de la mer du Nord, soit tout simplement par suite de l'insouci et de l'ingratitude de ses paroissiens, saint Firmin lui-même se trouva sans domicile. Son église qui, la veille, ne baignait ses pieds dans l'eau qu'avec

côté, il est certain que les reliques de Saint-Vulfran étaient à Abbeville dans le premier tiers du XIIe siècle, s'il est vrai que l'évêque Guarin les ait visitées En conservant avec les historiens et jusqu'à preuves contraires la date 1058, nous avons donc raison de nommer ici le comte Gui. — *Note de l'antiquaire.*

précaution, y plongeait maintenant tout entière. Grande fut la désolation de saint Firmin. Il errait toutes les nuits dans le cimetière voisin comme une âme en peine. Les gémissements qu'on entendait à toute heure sortir des ruines rendirent les gens de ce temps-là fort superstitieux. Enfin les habitants de la ville, s'étant rassemblés, délibérèrent sur les moyens de faire taire les plaintes qui troublaient leur sommeil, et la construction d'une nouvelle église fut résolue. Bientôt des maçons vinrent qui retirèrent les pierres de l'eau, puis qui en taillèrent d'autres, puis qui gâchèrent du mortier, puis qui élevèrent assise sur assise. Bientôt aussi des charpentiers vinrent qui apportèrent des troncs d'arbres, puis qui les équarrirent, puis qui les scièrent, puis qui en firent des poutres, des arcs-boutants et des panneaux de boiserie. L'ouvrage marchait vite et l'église s'élevait comme par miracle. Saint Firmin était dans la joie et pressait lui même les ouvriers en leur donnant du cœur au travail. Jamais, pendant tout le temps que les maçons manièrent la truelle et les charpentiers la bisaiguë, une goutte d'eau ne tomba du ciel dans l'île de la Somme ; jamais le soleil n'obligea les ouvriers à s'essuyer le front et n'amollit leurs bras. C'était une bénédiction. Les maîtres des corporations employées dans le travail gagnèrent de grosses sommes et il fut évident pour tous qu'une faveur particulière était attachée à l'édification du monument.

Le jour de la dédicace arriva.

Saint Firmin avait invité, comme témoins de son entrée en possession, quelques-uns de ses meilleurs amis, et parmi ceux qui se rendirent à son appel étincelaient dans leur gloire, voilée seulement pour les yeux terrestres, saint Hubert, le grand saint des Ardennes; saint Nicolas et sainte Catherine qu'unit leur amour des enfants ; saint Gilles, qui, dès lors, avait une église dans la ville; saint Georges, saint Jacques, saint Eloi, patrons aussi d'autres paroisses érigées dans les murs; et saint Médard dont l'autorité sur les nuages avait grandement favorisé la construction de la nouvelle église.

Tout les saints en se rencontrant s'accueillirent chaudement. Saint Hubert, très-cordial. se trouvait au milieu d'eux comme en son pays de Gascogne ou dans ses forêts des Ardennes. Il était en fort bonne amitié avec saint Firmin dont la fête précède de peu la sienne dans la saison où les chiens peuvent déjà parcourir les champs et les bois sans trop souffrir de la chaleur, mais il aimait particulièrement saint Gilles, parce que, ayant été lui-même converti par un cerf, il se souvenait avec plaisir que saint Gilles avait été nourri par une biche. De même âge d'ailleurs, nobles tous les deux, transportés, avec des goûts un peu divers, de la même passion pour les bois, ils avaient vu les mêmes temps, la fin trouble du VIIe siècle où Pépin d'Héristal ouvrait le chemin de la royauté et de l'empire à ses descendants.

Saint Médard, né d'une famille franque dans la future province de Picardie, à Salency, où les roses sauvages fleurissaient déjà pour de futures couronnes, Saint Médard, l'ami du roi Clotaire, considérait fort saint Éloi, né près de Limoges d'une famille romaine et l'ami du roi Dagobert. Un même souvenir les portait l'un vers l'autre. Tous deux avaient travaillé à la conversion des Flandres et on pourrait les soupçonner d'avoir répandu dans ce pays quelques notions pratiques sur la culture du houblon et les rapports de cette plante et de l'orge dans la fermentation.

Vous savez assez quels soins rapprochent continuellement saint Nicolas et sainte Catherine.

Saint Georges et saint Jacques habitués aux longues courses aimaient à s'entretenir de leurs voyages, bien que saint Georges préférât la monture des chevaliers et saint Jacques les sandales du pèlerin.

Mon cher Athénien, dit saint Hubert à saint

Gilles, je compte bien, à la première chasse que je suivrai pour prêter aide au roi de France ou au duc de Normandie, m'arrêter dans votre ermitage.

Mon cher Aquitain, répondit saint Gilles, j'espère bien, avant de vous recevoir, tellement brouiller les voies du pauvre animal chassé, que votre bonne visite me sera annoncée par la fanfare la mieux sonnante à mes oreilles de solitaire, la retraite manquée.

Saint Firmin s'approcha de saint Éloi pour lui recommander quelque parcelle de ses reliques autrefois confiée par le roi Dagobert aux moines de Saint-Denis ; mais saint Éloi, assez mal d'accord ce jour-là avec le roi Dagobert et n'étant pas d'humeur à s'exposer à ses rebuffades, fit la sourde oreille aux réclamations de saint Firmin. Un éloge de saint Éloi ne serait déplacé nulle part. Grand, beau de visage, avec des cheveux naturellement soulevés et tordus en boucles, il étonna la cour barbare du roi Clotaire par son élégance, ses habits de soie, ses vestes brodées d'or, ses ceintures, ses bourses ornées de pierreries. Artiste portant sur lui-même le reflet des arts du midi, il donnait le ton aux leudes grossiers et gauches. Plus tard il négligea ses dehors, mais pour se perfectionner intérieurement par la bonté, par la générosité et par cette fierté décente qui est l'honnêteté. Ses vertus peuvent encore être données en exemple au monde. Miséricordieux pour toutes les misères, il faisait enterrer les malfaiteurs. Ses historiens sérieux attestent qu'il parlait avec une grande liberté à Dagobert. Il refusa le serment à ce roi par un scrupule analogue à celui des Quakers. Il délivrait de son propre argent les esclaves et exhortait les fidèles à l'imiter. Romain ou Gaulois, il était de la race des vaincus enfin, et, comme l'histoire vous l'apprendra, la race des vaincus est bien souvent plus intelligente et plus douce que la race des vainqueurs.

Vous voyez combien ces histoires sérieusement interrrogées sont belles et grandes ; mais les souvenirs que je vous rapporte ramènent mon récit dans un autre ton.

Je dois dire que saint Nicolas et sainte Catherine, assez sombres, ouvraient peu la bouche. Saint Nicolas se sentait ce jour-là fort affligé de la conduite d'un petit prince qui annonçait devoir être un fort mauvais sujet et un méchant roi, et sainte Catherine ne pouvait pardonner à la maladresse de quelques vieilles filles qui l'avaient assez mal coiffée.

Saint Georges examinait les armes de quelques écuyers en passage dans la ville.

Saint Firmin, suivi de ses amis, se rendit à

l'église. Il se réjouissait des honneurs qu'on allait lui rendre en leur présence, mais la cérémonie était à peine commencée qu'il s'élança hors de l'église en poussant un grand cri ; l'église venait d'être dédiée à saint Vulfran.

Saint Firmin recommença à se désoler et à errer de plus belle ; il emprunta à Jérémie sa harpe et ses lamentations, et il abusa si bien des cordes et des versets hébraïques que le saint prophète fut le premier qui réclama dans le ciel une loi sur la propriété littéraire.

Vers ce temps-là de grands ravages des éléments ne laissèrent ni paix ni trève aux habitants de la basse Picardie dans la vallée qui s'étend depuis Amiens jusqu'à la Manche. Tantôt la Somme débordait et emportait dans son cours les clôtures riveraines ; tantôt la mer montait si haut que toutes les campagnes en étaient inondées et que tout y mourait. La tempête, les orages, la grêle et le feu étaient devenus des accidents quotidiens. Saint Firmin tenait rancune à ses paroissiens et à son successeur, et il cherchait de la sorte à faire repentir les ingrats tout en punissant l'usurpation. Ainsi de nos jours on a vu de très-honnêtes amis se bouder après un scrutin pour le corps législatif ou même simplement pour le conseil échevinal de leur village. Peut-être vous laisserez vous prendre plus tard vous-même à ces intérêts. Saint Firmin fit tant et tant que la Somme, petit à petit, dégrada la base de l'église nouvelle et roula bien loin dans la baie toutes les pierres qui avaient appartenu à la première. Saint Firmin n'avait aucun scrupule d'agir ainsi; il reprenait son bien. En conséquence, un beau jour, l'église disparut comme la précédente; tant et si mal qu'il fallut en 1488 en reconstruire une troisième (1), celle que nous voyons aujourd'hui. Mais dans l'intervalle le ressentiment de saint Firmin s'était un peu calmé; sa vengeance satisfaite lui avait laissé quelques remords et on lui avait élevé à Montreuil-sur-Mer une collégiale qui, bien qu'un peu sombre, suffisait à son ambition. Les clers n'en rassemblèrent pas moins pour délibérer sur les moyens de conjurer des malheurs semblables à ceux qui avaient amené la ruine de l'église. Un ermite fort vieux et fort savant s'étant avancé, déclara que c'était la colère de saint Firmin qui avait fait tout le mal, et sa conclusion fut qu'il fallait rendre au martyr son église. Grand fut l'embarras des

(1) L'église bâtie après 1058 ne dura que jusqu'en 1346, mais celle qui, de cette dernière date, lui succéda (à la place du chœur actuel), jusqu'à la consécration de celle commencée en 1488, n'était sans doute qu'une construction peu solide et provisoire, et notre légende n'est en rien contrariée par elle. — *L'antiquaire.*

clercs : d'un côté, si l'on dépossédait saint Vulfran, il y avait à craindre de terribles représailles de sa part ; danger non moins menaçant et déjà éprouvé, de l'autre, si l'on ne se rendait aux droits de saint Firmin. Enfin un théologien très-fort et rompu à tous les secrets de la dialectique émit l'avis suivant : c'était de conserver à saint Vulfran le patronage de l'église future en en détachant une tour au profit de saint Firmin. L'avis rallia toutes les opinions et les clercs s'imaginèrent avoir scellé dans la pierre un traité de paix éternelle entre les deux saints, — traité comme tous les traités.

L'église s'éleva donc et avec elle la tour de saint Firmin ; mais les travaux ne marchaient plus comme la dernière fois. Tantôt les nuages crevaient au ciel et délayaient le mortier ; tantôt de grandes bourrasques emportaient les échafaudages ; tantôt enfin le soleil faisait pleuvoir des gouttes de feu si brûlantes sur les travailleurs qu'ils étaient obligés de mettre habit bas et de dormir de longues heures vers midi ; ou bien encore la Somme prenait un malin plaisir à entraîner jusqu'au delà de Port et de Noyelles les charpentes déjà ajustées, si bien qu'il fallait perdre beaucoup de temps pour les retrouver, les rapporter et les remettre bout à bout.

Les lenteurs qu'entraînèrent tous ces mauvais

vouloir des éléments furent telles que l'Église ne se termina jamais Mais le plus grand mal était encore à venir. Il nous faut voir maintenant saint Vulfran et saint Firmin en voisinage dans les mêmes murs.

III

AU XVIe SIÈCLE

L'installation des deux évêques dans la nouvelle église devait avoir lieu (1) le jour de la Toussaint de l'année 1524. Saint Vulfran attendait l'heure de la dédicace avec un calme qui n'a rien laissé à l'histoire, mais saint Firmin, en proie à quelques émotions, s'agitait un peu. Il alla, dans la matinée du jour, au devant des saints ses amis qu'il avait appelés comme plusieurs siècles auparavant et qui vinrent exactement pour l'assister de leurs félicitations ou de leurs doléances.

(1) La construction dura fort longtemps puisqu'on ne transféra les reliques de saint Vulfran et des autres saints de l'église condamnée dans la nouvelle qu'en 1531, mais la légende s'est d'autant mieux accommodée de la première fête célébrée en 1524 dans la chapelle de saint Yves, que cette date lui permettait de montrer en beaux faits d'armes la guerre tournant autour de la ville peu avant la captivité du roi François. — *L'antiquaire.*

Dans le groupe le plus intime de nos vieux amis s'avançaient encore saint Hubert, saint Nicolas et sainte Catherine, saint Gilles, saint Georges, saint Jacques et saint Éloi. Saint Médard seul n'avait pas osé se présenter, mais à sa place était venu saint Yves, patron des procureurs et des avocats, *advocatus et non latro*, et titulaire d'une chapelle dans la nouvelle église.

L'heure de la cérémonie n'étant pas sonnée, saint Firmin proposa à ses amis de faire le tour des remparts, et, sans beaucoup attendre leur réponse, les précéda pour leur montrer le chemin.

L'année avait été pleine d'alertes et d'événements de guerre, quelques-uns glorieux pour la ville, tous désastreux pour le pays. Les anglais, racontait saint Firmin en guidant ses amis vers la porte du Bois, avaient fait de nombreuses incursions dans le Ponthieu avec leurs amis les flamands ou les espagnols qui n'étaient guères plus tendres qu'eux au pauvre monde. Partout désolation et ruine dans les campagnes aussi loin qu'on le pouvait savoir, et, dans la ville même, grande gène des habitants. On devait se souvenir bien longtemps de la mairie de sire Jean Postel tourmentée par tant d'alarmes. Heureusement la ville renfermait plus de douze mille hommes en état de porter les armes, et les abbevillois étaient connus comme gens très dextres et habiles à tous les jeux du bâton, de l'épée, de l'arc et de l'arquebuse. Maintenant même ils maniaient fort convenablement le mousquet.

Tout en causant ainsi les Saints étaient arrivés au dessus de la porte du Bois.

Voyez-vous, dit saint Firmin tous ces troncs d'arbres abbattus et déjà dépouillés de leurs branches mises en fagots? Là, au commencement de cette année, verdoyait encore un bois, l'ornement de la campagne et la récréation de la ville. Les arbres abritaient une garenne où couraient des centaines et des centaines de lapins. Un jour trois cents Anglais s'embusquèrent dans cette garenne. Les routiers en voulaient moins aux lapins qu'aux habitants de la ville. Vous pensez bien qu'ils s'étaient introduits sous les arbres avant le petit jour. Ils se saisirent bien de quelquesbourgeois, sortis imprudemment peut être pour prendre des lapins au piége contre les ordonnances, mais l'alarme fut donnée et les trois cents anglais, enveloppés dans la garenne même, furent passés au fil de l'épée par la bonne milice de la ville. Puis, ô désespoir des fêtes chômées! on décida pour plus de sûreté à l'avenir la destruction du bois et de la garenne.

Saint Hubert, bien que des lapins fussent pour lui tout à fait petites bêtes, ne put retenir ici un soupir.

Dans cette direction, continua saint Firmin, est la ville de Centule et à mi-chemin avant d'arriver à ses portes, sur un plateau d'où on découvre à la fois les tours de notre nouvelle collégiale et le clocher de l'abbaye de Saint-Riquier, est un bois dont saint Angilbert fit les honneurs à la fille de Charlemagne. Quatre cents Flamands de l'Empereur Charles-Quint venus à mauvaise intention dans ce bois peu de temps après le massacre de la garenne n'en sont pas plus sortis que les Anglais n'étaient sortis des fosses à lapins.

Saint Georges en écoutant ce récit frémissait; sa main se serrait comme s'il la fermait encore sur sa bonne lance, et il regrettait de ne pas se sentir emporté sur son cheval blanc pour figurer devant ses amis quelque belle passe guerrière.

Nous reviendrons à la ville de Centule, dit saint Firmin, mais notre promenade et mon récit nous en écartent actuellement. — En effet les saints arrivèrent bientôt à la porte Marcadé.

De ce côté, dit saint Firmin en étendant la main gauche vers l'ouest, est la ville maritime du Crotoy défendue par un château. Les Anglais, qui aiment les ports de mer, l'ont voulu prendre, mais la garnison a fait si fière résistance qu'ils ont dû se retirer honteusement.

Un peu plus près de nous, en avant du Crotoy,

est la ville de Rue. Les mêmes Anglais ont laidement vengé sur elle leur confusion. Deux jours de siége ont suffi pour la mettre entre leurs mains et Dieu sait le pillage et Dieu sait le saccage ! A grand'peine l'église du Saint-Esprit, si artistement sculptée et si richement ornée, a-t-elle été rachetée de leur barbarie.

Les coquins ! interrompit saint Yves qui n'aime pas les voleurs.

Mais saint Firmin avait fini cette part de son récit. Il conduisit ses amis sur le pont du château bâti par le duc Charles le Téméraire et leur fit admirer la Somme coulant entre les tours. Les saints s'arrêtèrent un instant à suivre des yeux les sinuosités fuyantes de la rivière. Saint Hubert songeait en outre qu'un peu au-delà vers la droite se prolongeaient, s'approfondissaient, bruissaient les forêts de Cantâtre et de Crécy, et il tendait l'oreille pour entendre brâmer les cerfs et grogner les sangliers.

Saint Firmin, sautant par dessus la porte d'Hocquet, conduisit ses amis vers la porte Saint-Gilles.

De ce côté, dit-il, en remontant le cours de la Somme on arrive au gros village de Pont-de-Remy défendu par un château au milieu d'une île. L'ennemi se présenta devant ce village, convoitant de s'ébattre au-delà, dans les riches plaines qui s'étendent de la Somme à la Bresle; mais Antoine de Créquy, seigneur du lieu, fit rompre le pont et se retrancha si bien sur l'autre bord que les saccageurs ne purent passer.. Nous trouverons plus loin la suite de l'histoire.

Saint Gilles profitant de l'interruption, voulut inutilement faire admirer son église voisine de la porte et toute brillante et neuve, ayant été rebâtie ou agrandie en 1485. Saint Firmin continua son chemin vers la porte du Bois pour finir le tour de la ville.

En passant contre la cour Ponthieu il montra aux saints les restes du château des comtes, mais il marchait vite; l'heure commençait à le presser.

L'ennemi, continuait-il, se rabattit sur Saint-Riquier. Six mille hommes assiégèrent cette ville. Une femme fit merveille sur les murs au milieu des assauts, et finalement les six mille hommes se retirèrent, mais en brûlant tous les villages voisins.

Le bon saint Nicolas et la bonne sainte Cathesine pleuraient presque en pensant aux petits enfants qui s'étaient trouvés sans autre asile que les bras de leurs parents par suite de tous ces malheurs.

Saint Jacques et saint Éloi, qui avaient peu parlé pendant toute la promenade, firent alors remarquer à saint Firmin qu'il était bien temps de se rendre à la nouvelle église, et tous, descendant des remparts, s'acheminèrent vers le centre de la ville.

L'église fluctuait de têtes ; le nouveau maïeur sire Lancelot de Bacouel, accompagné des quatre premiers échevins, sire Jean Postel, sire Nicolas de Nouvillers, sire Jean Gaude et sire Claude de Wierre, anciens maïeurs, et de tout le corps de ville, siégeait dignement, selon la règle de préséance, et la dédicace venait de concéder des parts distinctes dans l'édifice à saint Vulfran et à saint Firmin. Les Saints crurent remarquer que ce dernier n'était pas fâché cette fois d'être arrivé un peu tard.

Tout était fini cependant et la paix était faite.

La paix devait être faite, mais lorsque saint Vulfran fut entré en possession de son église et saint Firmin de sa tour, une mésintelligence persistante et sourde ne tarda pas à se révéler entre eux. Saint Firmin devint plus que jamais jaloux de son grand voisin qui avait deux tours et de grosses cloches bondissant en triomphe jour et nuit. Peu à peu il tendit à détacher du corps de l'édifice la partie qui lui en appartient, et de grandes fissures se déclarèrent dans la maçonnerie. Saint Firmin arguait de ce principe de droit que nul n'est tenu à rester dans l'indivision ; mais saint Vulfran, qu'une première expérience avait rendu rusé, avait inspiré de telle sorte le conducteur des travaux que la tour de son rival se trouvait la plus voisine de la rivière. Aussi saint Firmin se vit-il fort empêché, lorsque, après avoir séparé sa tour de l'église, il reconnut qu'elle penchait au dessus de l'eau et qu'il serait la première victime de la rupture du traité. C'est à cette ruse de saint Vulfran et à cette crainte de saint Firmin que nous devons de voir subsister encore la tour de l'église malgré les déchirements intérieurs.

SECONDE HISTOIRE

Où l'on voit comment un lézard vivait en bonne amitié avec un crapaud

Vous avez souvent regardé, mes chers neveux, cet animal au museau pointu, à longue queue, à la peau rugueuse et presque épineuse, cloué les pattes étendues et comme grimpant au mur, dans le bas côté de l'église. Tout le monde vous le nommera le lézard de Saint-Vulfran. L'histoire de cet animal mérite de vous être racontée; elle vous montrera chez les bêtes l'affection dévouée de Thésée et de Pirithoüs et vous prouvera que dans la croyance populaire, — retenez cela pour l'honneur du cœur humain, - l'amitié peut même exister entre les monstres. Si quelque répulsion, si quelque répugnance vous saisissent pendant mon récit, vous réfléchirez au triste sort des pauvres bêtes détestées de tous les yeux; vous vous demanderez si l'amitié et l'assistance mutuelle entre les êtres déshérités de la forme au point de faire horreur ne deviennent pas des vertus touchantes, et vous aurez pitié de ces monstres à cause de leur laideur même et de leur malheur.

Un boucher, — la vieille Boucherie est voisine de Saint-Vulfran, comme on sait, — reconnaissait tous les matins un grand déficit dans la viande découpée sur ses étaux, bien que sa porte fut fermée, la nuit, à double clef.

Les meilleurs morceaux, les plus friands, les plus disputés, s'envolaient vers une clientèle inconnue.

Tantôt c'était un gigot qu'avait retenu madame la licenciée-ès-lois, et, le lendemain, le boucher ne pouvant fournir la pièce retenue, madame la licenciée-ès-lois s'indignait de la préférence accordée à madame l'élue ; tantôt c'était un aloyau que madame l'élue avait voulu s'assurer pour traiter messieurs les officiers des aides et que le boucher ne pouvait retrouver, et grands cris de madame l'élue qui voyait déjà l'aloyau sur la table de madame la conseillère en la sénéchaussée de Ponthieu; mêmes accusations sur le pauvre homme et mêmes plaintes quand madame la conseillère s'imaginait son rôti à la broche chez madame la mairesse, quand madame la mairesse soupçonnait le sien chez madame la lieutenante-générale en la sénéchaussée, et quand celle-ci, à son tour, était convaincue de quelques bassesses commises par le boucher en faveur de madame la sénéchale de Ponthieu.

Le boucher, poussé au délire, ne savait où donner de la tête. Quel voleur adroit pouvait ainsi se jouer de son œil et de ses serrures ?

Tous les garçons de la corporation, successivement accusés par lui d'indélicatesse, refusaient de le servir, et il en était réduit à tuer, à écorcher, à découper, à offrir tout de ses propres mains aux commères et aux *méchines* ; mais le sort demeurait sur sa maison, et, à la fin de chaque semaine, quelque morceau faisait toujours défaut au compte.

S'il n'eut été persuadé de sa propre honnêteté, il se fut dénoncé lui-même aux juges comme l'auteur des fraudes.

Mais pourquoi se serait-il volé ? Il avait de l'ordre, aimait à entendre l'argent trébucher dans ses tiroirs, et mademoiselle sa femme, — ainsi qualifiait-on alors les bonnes bourgeoises, — ne lui défendait pas de conserver quelque argent de poche et d'aller de temps en temps s'asseoir avec ses amis chez l'hostelain ou chez le tavernier.

Il finit enfin comme il eut dû commencer.

Une nuit il se met en embuscade derrière ses étaux, entend, aux heures les plus noires, un faible bruit, comme le pas de quelqu'un qui, par instants, ramperait avec précaution et, dans d'autres, glisserait avec une certaine trémulation rapide en laissant traîner des chaussures molles ;

mais il a beau tendre et élargir ses prunelles dans l'obscurité, il ne voit rien. Le lendemain le plus beau morceau de viande manquait dans sa boutique, et ni les verrous, ni la serrure de sa porte n'avaient bougé. La nuit suivante il se poste encore derrière ses tables, mais une lanterne sourde est sous sa main, prête à porter la lumière dans tous les coins. Les bruits déjà remarqués trahissent un vol nouveau ; le boucher fait tourner brusquement le cylindre de sa lanterne. Un animal aux machoires pointues, à longue queue, aux tordions rapides, s'échappe sous le jet de clarté, un morceau de viande traînant et ballotant de son affreuse gueule. L'assemblage louvoyant de chair morte et d'hydre à pattes crochues disparait par le large ruisseau voûté en rond qui sert à égoûter dans la rue le sang des bêtes tuées

La terreur cloue un instant le boucher à sa place ; mais, revenu de sa stupeur en homme brave et en digne compagnon de la compagnie des archers, il ouvre doucement sa porte, retrouve l'animal dans la rue et le suit en cachant sa lumière. Le lézard, car c'était bien celui dont la dépouille expie depuis si longtemps les déprédations nocturnes, exemple desséché des maraudeurs de toutes les conditions, le lézard entraîne le boucher jusque dans le cimetière ouvert jour et nuit entre l'église et l'hôpital fondé par le comte Jean. L'animal s'arrête ; l'homme effrayé suspend son pas, mais sa lanterne fermée tremble dans sa main, et ses cheveux se hérissent quand il voit la pierre d'une tombe se soulever lentement devant l'animal, puis l'animal disparaître sous terre et la pierre redescendre avec la même effrayante lenteur. Le boucher, sa sueur froide essuyée, s'approche cependant de la tombe, fait jouer sa lanterne et lit l'inscription. Les titres du défunt enseveli à cette place n'avaient rien d'épouvantable ; ce n'était pas même l'épitaphe d'un membre de la corporation des bouchers. La tombe ressemblait à toutes les tombes recouvertes d'une large dalle; une tombe indifférente enfin, que remarqua cependant bien le malheureux témoin de ces prodiges renversants, car dès le lendemain, portant encore dans sa pâleur le témoignage de sa bonne foi, il alla trouver le maïeur, les échevins et le doyen du chapitre et leur raconta de point en point, les évènements de la nuit ; récit qui, de nos jours, eut fait douter de sa raison, mais qui lui attira les égards des esprits non prévenus de ce temps.

On s'assemble, on discute ; les femmes, les enfants, les hommes même considèrent respectueusement le boucher qui raconte ces choses extraordinaires et qui les a vues ! Que faire ?

faut-il recourir à notre Seigneur le roi ou à son lieutenant-général en la province de Picardie ou à monsieur l'official ?

Il est assez remarquable qu'un avis plus simple rallie enfin les opinions. On ne sait malheureusement plus par quel homme de sens l'avis fut donné.

Les bas officiers de la ville et de l'église sont armés de bêches et de leviers ; la pierre de la tombe est renversée ; l'échevinage et les chanoines reculent. Dans la fosse ouverte, à côté d'un crâne et de quelques os humains désunis, un énorme crapaud et un énorme lézard rongeaient les restes d'une large pièce de viande.

Entre les pattes, sous le ventre des bêtes, entre les os dispersés, les vers, sortis des tombes voisines et accourus à travers la terre à ce festin des ténèbres, prenaient leur part de la viande hachée par les deux grandes machoires. Horribles agapes aux mille convives grouillants et fourmillants sous la présidence du lézard et du crapaud accroupis en face l'un de l'autre ! Cette vue ôta l'appétit pour plusieurs jours au maïeur et au doyen du chapitre.

Avez-vous jamais réfléchi au joli ménage que font les lapins au fond de leurs trous dans les bois? On voudrait parfois, n'est-ce pas? s'établir au milieu d'eux, partager leur gîte, causer avec eux. Ce sont de si bonnes gens que les lapins et si propres et si bien vêtus de fourrure lisse, avec des yeux si doux et un petit museau si net ! Il semble qu'on philosopherait bien dans les chambres les plus retirées et les plus chaudes de leurs terriers, qu'on y pourrait lire, perfectionner ses études et devenir très-savant sans s'ennuyer jamais ; on aurait juste la distraction convenable aux longs travaux dans la compagnie de ces hôtes sociables qui vont et viennent, entrent et sortent, et vous apporteraient les nouvelles du dehors, les histoires du soleil et de la pluie, de maître renard ou de maître corbeau, de madame la fourmi ou de mademoiselle la cigale ; mais vous figurez vous l'affreuse communauté de ce lézard et de ce crapaud et l'étrange vie et quel supplice ce serait une réclusion forcée en leur étroit voisinage, en pareil lieu ?

Les deux animaux étonnés d'abord, cherchent à fuir ; mais les sergents à masse avec leurs masses, les suisses avec leurs hallebardes, les poursuivent, les assomment, les percent, et le crapaud vient rendre le dernier soupir sur le lézard mourant.

Ce n'est pas tout de suite que l'Échevinage et les chanoines osèrent approcher du monstrueux couple, mais quand la mort des deux amis fût bien certaine, ils ne se firent pas faute de dissertations sur leur nature vicieuse et ne leur mesurèrent pas les injures.

On s'expliqua alors la merveille : le crapaud soulevait la pierre en se gonflant pour donner passage, toutes les nuits, au lézard chargé de l'approvisionnement. La peau seule du lézard fut conservée et fixée au mur de l'église, pour perpétuer le souvenir de l'aventure extraordinaire.

Tel est le récit que le temps, ordonnateur des faits, nous a légué ; mais les critiques défiants, qui démontent tout, assurent que l'animal, rapporté des pays étrangers, n'est qu'un *ex voto* de marins. A l'appui de cette explication, si j'entre à mon tour dans les probabilités glacées de la raison, je puis dire avoir vu ce lézard, cher à l'imagination populaire, attaché beaucoup plus haut dans l'église, aux environs de la chapelle de Notre-Dame-de-Lorette, où les marins suspendaient leurs dons et où nous voyons encore flotter dans l'air deux petits navires tout gréés offerts par eux.

Pour finir par un mot de science, les zoologistes affirment que ce saurien de quatre pieds et demie de long, taille plus qu'exorbitante pour toutes les espèces de lézard, est un jeune crocodile de l'espèce de ceux qui nagent dans les eaux de l'Amazone.

TABLE

Abbeville. — Imp. P. Briez

www.ingramcontent.com/pod-product-compliance
Ingram Content Group UK Ltd.
Pitfield, Milton Keynes, MK11 3LW, UK
UKHW020418230726
13925UKWH00004B/1510

9 782019 179779